JN077663

忘れる前に

助廣俊作

もくじ

大人になったら

大人になったらやりたいこと
たくさんあったな
あれこれいくつかやったけど
やってないこといくつもあるな
思いだせないけどな
なんていいかげんなんだろうな

いつから大人になったのかな
溜息が増えたときかな
いい大人のくせにまだこんな
眉ひそめられるけど
おかしいな

ベテランな大人なんだけどな

名のない料理を作っては食べ
名のない仕事を黙って片づけ
ひさしぶりおとずれたふるさと
毎日かよった道
毎週あそんだ街
違う顔してるいま見ると

大人になったら
やりたかったことって
何だったたっけな
何だったたっけな

To-Do List

やることを決めることと
同じくらい大変なのは
やらないことを決めることだった
できることを数えることと
同じくらい大切なのは
できないことを見つめることだった
くじけても続けることと

同じくらい必要なのは
あきらめても責めないことだった
愛することと
同じくらい激しいのは
忘れることだった
遠ざかることと
同じくらい夢見るのは
傍にいることだった

人生は長いというのに

行く先々で酷い目に遭ったり
病気がちだったり
災いがふりかかるのは
自分だけだと嘆いてた
皆同じようなもんだ
言い聞かせてみるけど
すぐ悪態が口をつく
心の汚れは簡単には落ちない

生まれてからずっと
幸せの意味を知らずにきたから
ようやく手にした温もりは
独り占めしたいと思った

小さいけどかけがえのないものに
静かに寄り添って
生きていければよかった
分かち合う余裕などなかった

誰かの期待に添えなくなったら
生きる価値まで目減りしたかの如く
諦めて停まれと言われるのだ
後で助けを求めても
振り向く人などおらず
孤独に朽ちる未来図が見える
今からでも遅くはない
友を支えて生きよう

歳をとったスーパーヒーロー

もう若かったころみたいに
ビルからビルへ飛び移ったり
ハンマーぶん回して敵を倒したり
鋼のスーツで空を駆けたり
できなくなった
大人になった僕には世界なんて救えない
もしできることがあるとしたら
君の気がすむまで
話を聞くことくらいかな

スーパーなパワーは
何一つないし
なりたかった大人には

なれなかった
悩みのない人間なんて
誰一人いないけど
誰かの支えになれるような
そんな人物になれたなら
それも悪くないかな

思いだすのは悔しいことばかり
言い訳するたび
人は齢をとり
言い訳し尽くし
死んでいく
きっとそんなもんなのかも
やけに考えすぎなのかも
追い詰めちゃいけないのかも
まずまずがちょうどいいのかな

地球儀

ポンコツに用はない
フシアナはいらない
そんな目で見ないで
謝ってばかり空しいから

陽のあたる場所まばゆい
歩いていく笑顔の列
ボンヤリ眺めると
食堂の目玉焼きみたい

この星のどこかに
僕の居場所あるはず
主が僕ら一人一人創ったなら

一つ一つ居場所も造ったはず
迷子になった時は
地球儀まわしてみる

クズと呼ばれると笑って
やりすごすことにしてる
悪いけど君だって
宇宙からしたらクズだよ

これもあれもいつも
折り合いつけて生きてばかり
辛さも痛みも感じない日が
僕にも君にもくるのかな

誰も同じゴール目指してる
たどり着くまではただの寄り道

だったら他でもないここが
僕だけの居場所なんだ
まわる地球儀を止めて
今いる場所を指差そう

中年の主張

青年が怒ると
頼もしいねって言われる
年寄りが怒ると
老害だねって言われる
なぜなんだろう

青年が物分かりがいいと
猫かぶってるって言われる
年寄りが物分かりがいいと
人格者だねって言われる
どうしてなんだろう

いにしえの傷

体に負った古の傷
普段は見えない
服の下にある
台風が来る前
霜が降りた朝
痛みはじめる

心に負った古の傷
さらに見えない
体の中にある
責められた後
底冷えした夜
人知れず痛む

誰にも見えない傷
誰にもあるもの
となりの人も
抱えてるから
言葉はいらぬ
そっとしてて

お見送りはしっかりと

五臓六腑がのろのろし始め
眠りの途中で目は覚めて
この先に待ってるのが
死ってやつなのかな
初めて感じた恐怖
お迎えの予感が
体を走った夜
ちらつく面影は
つかみどころない

あの扉の向こうには
久しぶりに会える人が
たくさんいてまたひとり
知り合いがあちらへ行った

扉は突然姿を現すのではなく
僕らが知らずに近づいてるのだ
どこにあるのか知らない扉の
向こう側から声がする時がある

肉体の消滅は死などではなく
思うに本当の死とはきっと
僕が心の中で君の微笑を
思いだせずに涙した時

だから
僕が誰かお見送りする時は
恥ずかしくない服を着て
ちゃんと玄関まで行き
しかと言葉を交わす
怖くなどないから
涙など流さずに

ボトムライン

天国は雲の上の世界
絶対的で信じられる
苦悩なき最上の楽園

地獄は下の方とだけ言われている
もう既に地獄にいるのに
放っておくとどこまでも
下へ下へ落ちていく

悪いことをしたのだろう
罰としてここにいる
でも思い当たる節が
何もない時もある

地獄には底が無い
抜けだしたいのなら
自分でここが底と決めるしかない

手当たり次第に
引っかかりを掴み
空から垂れる糸にすがる
足を引っぱる手は振りほどく
地獄にいる間は己も鬼なのだから
他の人を救おうなどと思うべからず

いや
ちょっと待て
鬼になるのは顔だけにしろ
その手が助けを求めているなら

握って離すな
力を込めて引き上げろ
離してなるものか

レーダーには引っ掛からないこと

テレビではキラキラしている彼が
スーパーのレジで小銭を数えて
やっぱりお札で払うのを見て
魔法のない世界では
自分と同じ不完全な
生き物であることを知る

映画の筋書きみたいな
ドラマティックからは程遠い
平たい日々が続くだけの
人生の中で人は
喜び怒り涙を流す
スポットライトを浴びることなく

忘れられない不思議な出来事
その時の感動
どれだけ検索してもネットには載ってない
何でも知ることができる万能感
いっときの幻
いつも知らないことだらけの世界

履歴書に書かれることではなく
書かれないことに意味があると
人を見て思う
たとえば
・責任感が強い
・話を黙って最後まで聞く
・しなやかな心を持つ
そんなこと

書類には書いてない
人から人に伝わる
レーダーには引っ掛からないこと

君がいるかぎり

もう人を傷つけたりしない
心が生む悪意には首輪をつけ
野に放ったりしない
やさしかった幼い自分を思いだしたから

もう怒鳴り声で歌わない
人を愛するためにあるメロディを
粗末に扱わない
頭にひびくあの曲が僕らの出会った証だから

もう行方をくらましたりしない
かくれんぼもおにごっこもたっぷり楽しんだ
ここに居るよって言えることが

どんな遊びよりもクールだから
もう一人ぼっちの夜は要らない
暗闇と会話したりしない
もう天井を見つめながら眠ったりしない
代わりに君を眺めながら眠る

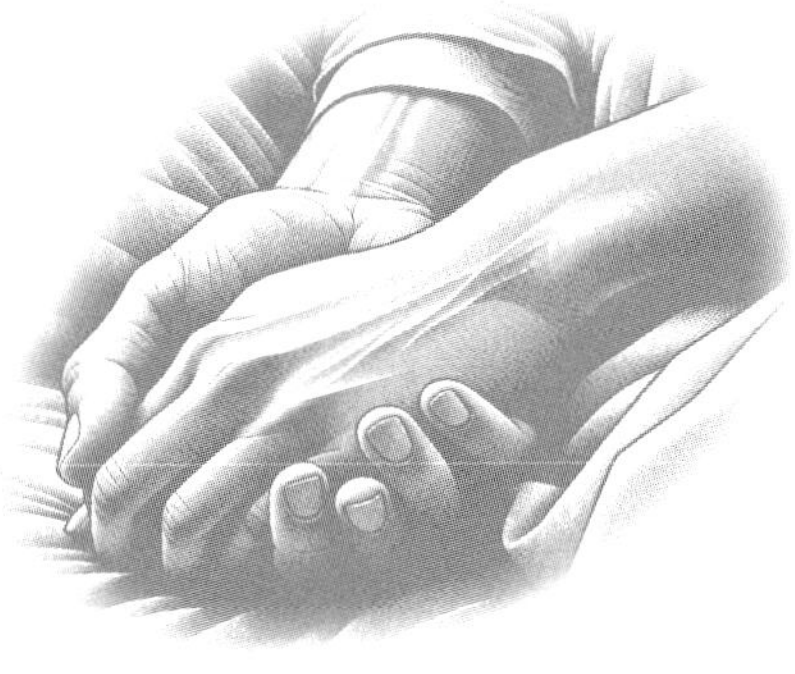

顔面

物知り顔とよく言われる
でも本当の愛は知らない
ご存知の通りと前置きされ
詳しい説明は省かれる
でも本当は何も知らない

なめられたくはないのと同時に
不快にさせたくもないから
ふくぶくしい笑顔つくるけど
口内炎かかえ
舌は荒れてる

呆れて笑わないでよ
この顔で

これまで生きてきたんだから

面の皮厚くて上等
心の傷守れるんだから
面の皮薄かった時
こころ痛まないよう麻痺させた
酒飲み過ぎたり仕事し過ぎたり

どちらかといえば六対四でマゾなのに
サディストのふりをした
ふてぶてしい態度とった
ふいに攻撃されて
深いところ抉られないように

小馬鹿にしないでよ
この顔で
これからも生きていくんだから

ところでちなみに

悲しみにはね
重さがあるんだって
この悲しみは重いなとか
重量で測れるらしい
背負ったままでいると
次第に重くなってきて
押し潰されそうになるから
下ろせるうちに下ろした方がいい
そしたらひょいって乗り越えられるから

寂しさはね
地面に穴を掘っていくんだって
ぽっかりと空いた穴って

見てると寂しくなってくる
放っておくと
穴はどんどん深くなって
はまったら抜けられなくなるから
早めに埋めといた方がいい
そしたら怪我しなくて済むから

興奮ってね
熱帯性低気圧なんだと思う
右回りになるか左回りになるか
風向き次第なところがあって
周りを巻き込んで大きくなって
下手すると街を破壊する
渦から離れたところにいると
とても静かで
こっちにくるなよって思う

嬉しいときは
体全体が反応しちゃうんだって
だから人は手をたたいたり
胸が躍ったり
背中に羽が生えて
舞い上がったりするらしいよ
嬉しい時ぐらい
恥ずかしがらなくても
いいんじゃないかな

33

あることないこと

いろいろ分からない事が多くて
持ち駒だけだとすぐ詰んでしまって
平穏が悲しみに蹴散らされる時は
立ち止まって
あることないこと考えてみる

計画だけがあって結果はない

挑戦だけがあって後悔はない

鼓舞だけがあって根拠はない

主張だけがあって傾聴はない

進化だけがあって郷愁はない
寿命だけがあって不死はない
状況だけがあって方角はない
リスクだけがあってやりがいはない
苦しみだけがあって光は見えない
問題だけがあって正解はない
答なんてないなら
ないものとして
生きてみる

きまぐれな悪意

いつもと変りない朝に目を覚まし
歩きだすとまとわりつき肌に貼りつくもの
目をやると悪意と書いてある
気づかぬうち身につき自分のものになる
ふりはらい逃れるように走りだす

役に立つアドバイスなるもの
善意ある人がくれるものとは限らず
悪意ある人が吐き捨てることもある
あざなえる縄の結び目をほどき
選りだす一本の金の糸に似ている

安全な場所というのも存在しない
安全だと思っていた場所で悪意に遭遇
同じものが横にいる人には福音だったりもして
地獄と天国は隣り合わせるものと知る
状況は自分なりに消化するしかない

苦しんだ末に見上げると
人は宝石のごとし
こちらから見ればきらきらと輝いて見え
あちらから見れば暗く硬く冷たい石に見え
きまぐれな悪意の姿は見えなくなっていた

問題集

問題集って嫌な本だな
悩みごと抱えきれなくて
押しつぶされそうなのに
問題ばっかり集めてある本って
趣味わる

参考書って嫌な本だな
答がわかんなくて
絶望してんのに
参考意見なら教えるよって
使えねんだよ

傾向と対策って嫌な本だな

古典っていう科目が嫌い、以上。
そこになんの傾向があってどんな対策が立てられる
ここに座ってる時間が苦痛でしかない
拷問かよ

スタンダード生物って嫌な本だな
スタンダードじゃない生き物の自分は
端っこにどいてろと言われてる気がする
そこツッコむとこじゃないんだろうけど
なんかもうどの本もめっちゃ嫌

大人になった自分が
あぁ高校生時代に戻りたいなぁとか
戯けたこと言ったら
勘違いだからなそれ
嫌な本のこと思いだしてみろ

記憶になってしまえば

いま目の前にいるあなた
その肌も唇も
記憶になってしまえば
触れることできない

初雪でつくった雪だるま
手袋でかじかんだ指
記憶になってしまえば
少しも寒くなんかない

踏み外した階段でぶつけた脛

歩けないほど腫れた青あざ
記憶になってしまえば
さすっても感じない何も

怒鳴りちらしてたあの人
もう二度と会うことはない
記憶になってしまえば
気の抜けたソーダ並みにつまらない

なんでもかんでも
記憶になってしまえば
もう遠くから眺めるだけ
痛くも痒くもない

良かれという名のもとに

的外れに具体的な指図
とっくに間にあってる助言
せっせと届けられる
あなたのためを思って
二言目には殺し文句を添えて。
いただきものですから
無下にする訳にもいかず

きらっきらの瞳で見つめる
無自覚な暴力に囲まれ
どうしたものやら。
人目につかないところで
悪なるものすべて解毒してくれる
魔法の薬をふりかけ
善意だけをとりだして
日記にでもはさんでおきますか。

わたしにかけられた呪い

愛さねばならない
憎まねばならない
勝たねばならない
読まねばならない
それらしくせねば

わたしにかけられた呪い
一つでも見つかるのなら
長生きした甲斐があった

呪い主は誰か
正体も見たり
他人だったり

幽霊だったり
自分だったり

見つけた呪いは
自分で解くべし

他の人に解いてもらうとお金がかかったり
また違う呪いにかけられることもあるから

呪いの解けた自分が
生まれ変わった星の
景色は美しくもあり

果てしなくもあり

自由に生きていい

それだけが人生の
真実やもしれない

鬼の名は

あなたの心に棲む
鬼はすばしっこい
悪態を喚き散らし
棍棒を振り下ろす
容赦なく詰め寄り
正しいと言い張り
金切り声をあげる

時々あなたは何故
あんな顔をするか
そんな言葉を選ぶか
すべて鬼の仕業

鬼の名は承認欲求
分かりますなぜなら
私の心にも同じ鬼がいるから
われわれもいい歳なのにまだ
鬼退治ができないでいる

もっと出来ると頑張るのは
悪いことじゃないでしょう？
認めてほしいと思うから、ほら
話がおかしな方へいく

次に鬼が暴れだした時は
名前を呼んで少しは

なだめてあげられるかもしれない
もし鬼を手放してしまったら
あなたの心は荒ぶるのをやめるのだろうか
私には想像さえつかない

爆発する前に

人から受けた理不尽な扱いは
自分への糧と思い込む人たちへ

人に不平不満をまくしたてられて
自分が役に立てたと納得する人たちへ

人のわがままな振る舞いを
許容する自分の心が広いのだと
自分を褒める人たちへ

今すぐ止めた方がいい
自分は大丈夫と思わない方がいい

取り返しのつかないくらい
壊れることがあるから

受け止めっぱなしは
見えない疲れが積もるから

何十年も後になって
苛まれる瞬間があるから

溜まったものの目を逸らさず
小出しにした方がいい
爆発する前に

梢

思いとは違う方へいつも
進むしかなくて
行った先で予想もしない
展開があって
片道切符乗り継いで
たどり着いたのがここ

生きてきた人生だけが
事実なのだとして
パラレルワールドを生きた
気がするのも事実
あの時思いのまま歩けたなら
今ごろいるのはどこ

二本の分かれ道
成功とか失敗とか
人はやけに名前を付けたがるけど
木にたとえればただの枝分かれ
どちらの枝も偶然で必然
良いも悪いもないでしょう

枝の先では葉が茂り
花が咲き鳥が歌ってくれる
おめでとう
よくぞここまで来てくれました
もう苦しまないで
そのまま生きてていいんだから

おとなのこころとからだ

すこしずつ
またひとつ
きのうよりスイスイいかない
きょうのからだ

プスンプスン
きゅうこうにのるまでこばしり
しまるとびらにすべりこんだら
がそりんがきれたくるまみたい
いきもきれぎれになる

キィーキィー
ひだりうでをあげると

ひだりかたがとてもいたむ
ひだりをふりむくと
くびすじがひめいをあげる

ギッコンバッタン
つくえのかどにあしのこゆびをぶつけて
うずくまり
しょっきだなのとびらにひたいをぶつけて
たちつくす

ガタピシガタピシ
いすからたつだけなのに
よっこいしょっといい
たったらたったで
こしをのばしてためいき

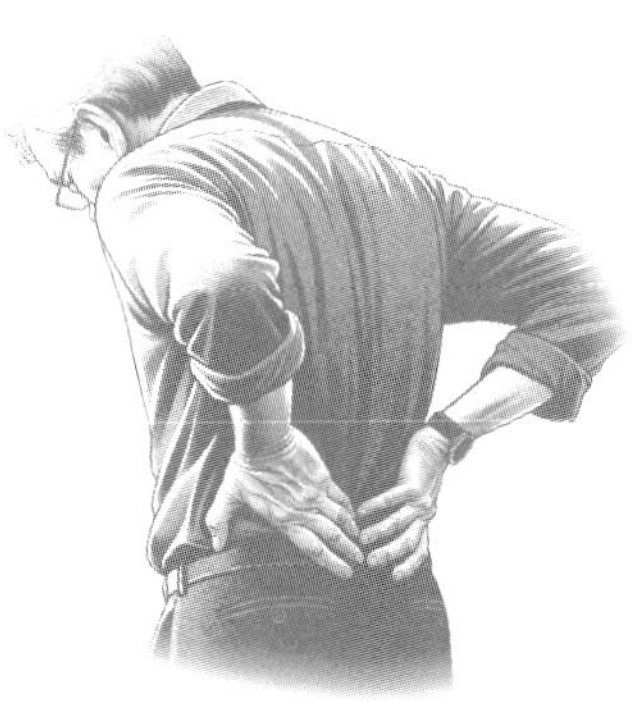

グデングデン
おさけによわくなりました
ほんのすこしであしにくる
かなりよってもあくるひは
ごじにぱちりとめがさめる

ブクブク
おなじごはんいちぜんなのに
ふとる
ちいさなおちゃわんにへんこうすべきか
じょぎんぐをはじめるべきか

さもなくば
へっちゃらなふりして
イチイチきにしないか

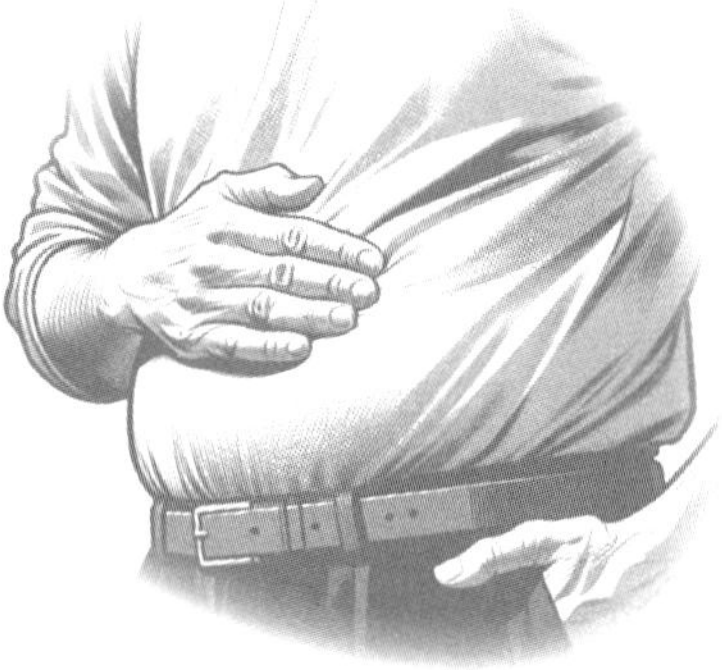

どーしよっかな
しろくろつくまでつきつめたりしない
おとなのこころ

悪夢の値打ちもない

僕らは自由だからね
いまでも思いだす
あなたの最初の言葉
だから悲しくなんかない
あなたが急に立ち去ったあとも
わたしはよく夢をみる
心のどこかで気になる人が
冒険に連れだしてくれるのが良い夢
ありえない意地悪するのが悪い夢
あなたはどちらにも出てきたことはない

その日は眠かったのかもしれない
虫の居所が悪かったのかもしれない

どうでもいいけど当たり散らさないでよ
同じ穴の貉には愛情の裏返しとして
言葉で殴っていいとでも思ってるの
冗談じゃない
あなたに辛い目に遭わされるために
わたしは生まれてきたはずがない
このビルを一歩出たら
あなたのことなんて思いださない

話しかけるとあなたは
きまって生返事で
透明なドアを音もたてず閉めた
別れ際のやさしい言葉
傷つけたくなかったのは
わたしじゃなくて自分の方ね
最近寝覚めが悪いのは

あなたの夢をみてうなされている訳じゃない
あなたなど
悪夢の値打ちもない

心がどっち向くかなんて

ぴくり
心が微かに何かに
反応してる
このあとどっち
向くかなんて
分かりゃしない

これまでの傾向
あてにならず
ここまでの経験
やくにたたない

昇ってくのか
上向いて
沈んでくのか
下向いて
悪びれないのか
前向いて
とじこもるのか
後ろ向いて

右向くのか
左向くのか
そっぽ向くのか
消えていくのか
どこも向かず
くすぶったまま

四つ角でアキレス腱ストレッチ
気の向く方へランニング
するのとは訳が違う
一度動きだしたらもう
心は止められない

悲嘆と後悔

あれだけ一生懸命
やった結果が
これだなんて
あれ以上無理だったから
これで満足しなきゃ
分かってるけど
がっくりして仕方ない

あれだけ強く思ったこと
どうしても言えなかった
もしあの時に戻ったとしても
きっと言えないだろう
だったら今さら逡巡しても

意味なんて無いはず
なのにずっと悔やんでる

石のような体の重さとか
通せんぼしたものの影とか
最後に湧かなかった勇気とか
反芻するうち眠くなり
寝ては起きてを繰り返すうち
まだらになりはぬけになり
やがて消えて無くなりますよう

自分の柄がはまる絵

自分の色でいけ
背景の色に溶け込むな
派手な色じゃなくていい
ただ自分の色でいけ

自分の音でいけ
雑踏の音にかき消されるな
大音量でなくていい
ただ自分の音でいけ

自分の柄でいけ
大きな絵の一部を切りとって
身にまとうのではなく

自分の柄がはまる絵をさがせ
自分の耳で聞け
ノイズに惑わされるな
大事なことは一つしかない
ただそれを聴け

自分の形でいけ
奇抜な形のそばで気後れするな
皆この世に一つしかないのだ
自分の形を究めろ

からっぽな心

心の中に何があるのか
長いあいだ分かろうとした
ようやくひとつ気づいた
心の中はからっぽだった

覗きこんでも何も見えない
耳を澄ませても何も聞こえない
手をのばしても何も掴めない
色なんかついてない

いったいどのような
生き物なのかおのれは
知る手がかりはむしろ

心の外にあるのだった

朝起きて何着たら嬉しい
何食べたら力が出る
どんな車運転して
どんな景色見るのが好き
誰とつるんで
誰をわすれて
誰とつきあって
誰とわかれる
どの芸人で笑って
どの映画で泣いて
どの本の内容を覚えていて
どの絵画の前で足をとめる
粘土をこねてどんな人形を作って
文字と言葉で何を紡ぐ

そんなこんなで
おぼろげながら
人となりをとらえ
からっぽな心も
こわくなくなる

意味などわからない人生

〜続・からっぽな心

人生の意味とか
わっかんねーし
オレの心だって
空っぽなんだし
だから人間って
いろんなもんに
例えんのか人生
でどうにかして
ヒントみたいの
見つけたいんか

人生は山登りである
せっかくたどりついた頂上
食べるおにぎりは格別の味
でも15分くらいで後続が急かす
登って終わりじゃなくて
安全に下るのも同じくらい大事
とかハイキングしながら暇なので
するする考えついたんですけどね

人生はマラソンである
ジョギングさえ滅多にしない私には
人生を語る資格がないのだろうか
長距離走るのきついから嫌い
人生がきついことだけは分かる

人生にも四季があるとか
一年に何杯コーヒー飲むとか
ある人は歌にしてみたり

人生は旅である星座である化学実験である
まだまだあるがきりがないから
わからないまま不貞寝繰り返し
目が覚めなくなって終わるのか
意味などわからなかった人生が

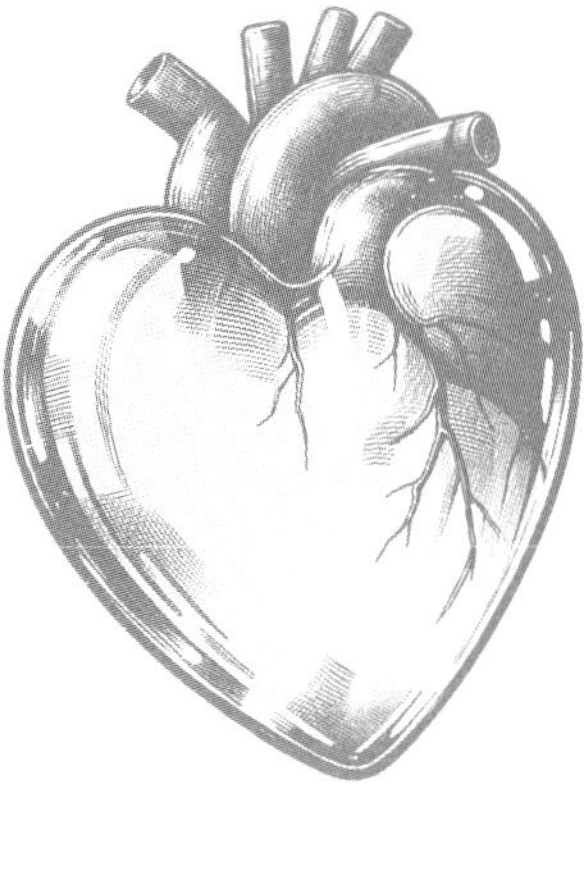

羊のむれる牧場

その晩11時半にはベッドに入っていた
普段通りに目覚めれば十分な睡眠時間
表の通りを酔っぱらいが通る
終電が去った後のいつもの人声
寝入りばなに読む本で意識が遠のく

目が覚める1時52分
トイレから戻りベッドで背を丸める
結局今週は返事が来なかった
羊を数えるにかぎる
羊が一匹、羊が二匹、羊が三匹

目が覚める3時14分

このまま強い雨風が続くと
始発から電車が動かないかもしれない
羊をとりあえず数えよう
一匹、二匹、三匹

目が覚める5時23分
来週返事が来るのかな
まとまった眠りがとれないと体の調子が狂う
羊を数えよう
一、二、三、四、五、六

目が覚める7時10分
もっと寝たいのにもう眠たくない
上半身を起こしベッドに腰掛ける
霞がかった牧場で
白い羊のむれに囲まれていた

まだ知らない悲しみ

あれからもうぜんぶ
泣きつくしたはず
涙とめどなく流れ
心枯れてしまった

不意に蘇る思い出
なすがまま囚われたなら
寂しさと虚しさ押し寄せ
目にするものまた滲む

今は見えないところ
悲しみは隠れていて
まだ知らないだけ

顔みせること多いのは
真っさらな朝方と
日のくれる夕方

悲しみは消えなくて構わない
ただ時間とともに
顔ださなくなってほしい
そんな静かな祈り
誰かに届くのだろうか

暗所のほとり

とげのない笑い声にあふれ
愛情の裏返しさえありがたく
俺の悪ふざけが拾ってもらえるような
居心地の良い場所は
なぜかしばらくすると
居心地が悪くなる

もう二度と行かないと決めた場所
知り合いが一人もいなくなった場所
行けば胸が痛むと分かっている場所
なぜかもどってしまう
心に血を滲ませて
ここに帰ってくるだけなのに

どこかで曲がり角を間違えたのか
道に迷ってばかりいる
はなから地図なんてない
迷っているのではなく
楽しんでいるのだと言い直す
道は自分の後ろにしかない

階段を踏みはずした昨日の夜
大きな音をたて
擦り傷の裏に青あざをつくる
まずは灯りをつけよう
上り下りはゆっくりでいい
一段ずつしっかりと

突き動かされて

声をあげる時がある
足が動かなくて
誰にも会えない時がある
なぜか聞かないでほしい
明日からも生きていくのだから
まんざらでもない顔をして

真実が欲しければ

俺はやってない
俺は悪くない
あんたにはこれ信じてほしい
やつらより俺信じてほしい
俺は傷つきたくない
俺は逃げだしたい
だからこの辺でさようなら
欲しいなら真実をくれてやる

お前が何をとりつくろうと
怒りの涙で濡らそうと
しったことじゃない

真実をきこうじゃないか
嘘の刃をふりまわし
ありもしない意地を張る前に
もう一度だけ考えろ
お前の傷の深さを

真実がそんなに大切ですか
嘘のままじゃいけませんか
世の中には白と黒しかありませんか
どちらもひどく痛みませんか
傷んだ心は癒えるようでいて
しばらくたった後に疼きませんか
その時にはみんなそれぞればらばらですが
僕の心のかけらをお送りするかもしれません

分かる

悲しいことがおきても
時は過ぎ去り
季節は巡る
必ず

自分が弱っていく
貴方も弱っていく
今日の貴方は昨日の貴方じゃない
昨日より自分が若く輝いて見えるのは
目の錯覚
一日ごとに弱くなること
気づかないふりをする

受け入れて忘れる

人間の限界がどこにあるのか
空想していたこともある
体の限界なら
手を伸ばしたところにある
心の限界だって
すぐ隣にある
人間の限界は簡単にわかる

死ぬ時に満足な人生だったかなど
あまり興味はなくて
分からなかったことが一つでも多く
分かってから死にたい
いろいろ分かってから死にたい

内なる声が聞こえる

あたしのことふざけた女だって
あなたの顔に書いてあるんだけど

それは
君の内なる声
僕の内なる声じゃない
同じゴール目指してる
ソウルメイトだよね僕たち

それ全部
君の内なる声

僕のじゃない

僕の内なる声はね

インフィニティウォーの続きの
エンドゲームが早く観たい

今日は麻婆豆腐だったから
明日はカツカレーかな

本当は今すぐ温泉入って酒飲んで
また温泉入って酒飲みたい

たったそんなこと
あしからず
ごめんね

お箸とともに生きてきた

お箸が転がっても
笑ってた君
それにつられて
笑えてた僕

今じゃあんまり笑うと
何がおかしいと
怒る人ばかり
箸が転がっただけ
なんだけどな

君に会いたい
君と一緒に食べたもの
また食べて

君のこと思いだす

箸の上げ下げが気になったら
恋は終わりで
お椀に残ったご飯も
冷たく感じる

箸にも棒にも
かからないこと
これで何度目だろう
得意のレシピ通り作ったのに
誰も箸をつけないなんて

君の大好きな肉じゃが
僕に取り分けてくれた
今じゃどれだけ頑張っても
君はここに戻らない

音のしない叫び声

叫び声には
音のするものと
音のしないものが
はじめからある

音のする叫び声は
身に降りかかった危険に
考える間も何もなく
誰かに助けを求める
動物らしき反応

音のしない叫び声は
黙って耳を澄ませると
聞こえることがある

抑えの効いた会話
丁寧語で綴られた手紙
ばれるまで繰り返す違反
ゆっくりとしか歩けない脚

すべて僕らの

音のしない叫び声

あの人の胸に響くだろうか
気づいてもらえるだろうか
叫び声そのものさえ
出なくなる前に

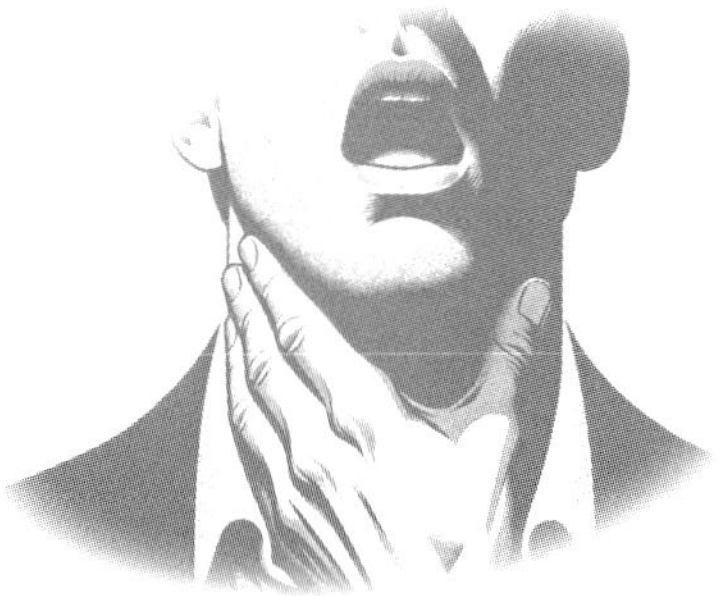

消去したはずのメモリー

長いあいだ
思いだすこともなかった
あの日の失敗
がっつり取り返して
傷痕も残らず
まっさらに生きてきた
なのにこないだ
旅先の晩飯屋で酒を飲んだとき
頭に蘇ってきた
消去したはずのメモリー

とうのむかしに
ふりかえるのをやめた

あの日の失恋
心でけりをつけて
跡形もなく
幸せな今がすべてだった
なのにこないだ
大通りの横断歩道を渡ったとき
行く手に浮かんできた
上書きしたはずのメモリー

あの日の記憶にでくわして
激しく混乱してしまう
なんてまるで
小説のなかの僕みたい
これはだれにでも起こりうるバグ
だから慌てないで
空を見上げて

深呼吸して
笑顔で何度でも
さよならと言おう

右足を出したつもりなのに

あなたの笑顔がみたくて
悪目立ちしないよう
同じような角度で
右足を出したつもりなのに
地に置いた場所が駄目だと
怒られる自分を責める日々

得体のしれない空気の
奴隷になるのはもうやめた
どなたかが認めてくれる類の
記号やラベルは
自分を幸せにする宝物とは
別物なのです

人混みの少ない方へ
少ない方へと向かうのは何故
輪になってもいいけど
輪の中を向くのではなく
輪の外に目を凝らす
僕でいたい

ガミガミ言わないで
僕はサンドバッグではない
ねちねち言わないで
この地獄はあなたが飽きるまで続くの？
掃き溜めとかオキアガリコボシなら
他をあたってほしい

僕の祈りに気づきませんか
黙って頷いていますが心では
藁人形と五寸釘を持って
あなたを呪っているのです
大丈夫ここ
笑っていいところだから

人並みって響きに誘われ
さまよった末路の後悔
もう誰かの時間に縛られない
誰のリズムでも踊らない
何か新しいこと
体一つで始めてみる

僕だって老けこみたくない

命の終わりは避けられない
けど月日の重なりは人を
苦しみから解放したりする
鎖は外れくびきは朽ち果て
自由の意味かみしめる

真実は瞳を閉じると見えてくる
だから目が悪くなっても
ちっとも怖くない
今まで見えなかった
真実が見える方が
むしろ怖いのかもしれない

人嫌いなわけがない
もう制服は着ないだけ
複雑なままで大丈夫と

自分を信じてやれたら
どんなにいびつな心にも
還る場所はあるから

答がみつかる時

憎みあって別れるなら
まだましだと思えるくらい
憎んでもない二人が
別れを選んだ理由なんて
言葉にならないから
ずっと苦しいままだった
もっと後になって
わだかまりなく話せる日がきて
はからずもこれ友情なのかと思えたら
それが自分なりの答

解けない疑問は
解けないままにして

敢えて目にしないようにして
なんとか解けたふりさえして
歩き続けてきたけど
心から消し去ることなかった
解ける日がくるとしたら
きっかけは些細なことだろう
時が解決しただけかもしれない
いずれにせよご褒美

答が見つかったんだ
伝えたい時にかぎって
周りに人はいないもの
午前三時だったりするし
旅の途中だったりするし
いとも簡単に誰かと
繋がることはできるけど

それで済ませる話じゃない
ここまでの時間と距離を
一人で祝うなんてもったいない

罪悪感のバトン

早起きはせず
天気予報に従い
晴れた朝に長い傘
雨には濡れないよう
平穏な生活のため

名のない料理を作り
音を消した画面で
眺める猫の動画
夜更かしもしない
平温の自分のため

騙されやすい私を

自分以外の誰が
責められるだろう
私はこのお城から外に
出るつもりはない

ゴールの無い道が好き
伝える相手もおらず
恋とか、してますか
聞かれることもなく
時は静かに流れるもの

もし誰にとっても
相応しい逝き方が
許されるなら
誰も知らない街で
酒をのみ消え入りたい

いつの間に受け継いだ
罪悪感のバトン
一生ついてまわる
次の人には
手渡すものか

涙を流さずに泣く場合

心に浮かんだままを
口にするのではなく
傷つけない言い方を
考えてから口にすることが
どれほど大切か

刺のない言い方が
どれほど貴重か
怒りをぶつけることが
どれほど酷いか

考えてものを言うのは
嘘つきなのではなく

不実でもなく
今なら分かる
優しさでしかない

心に刺さった棘を
一本ずつ抜いているところ
どうしても抜けない一本が
痛くて声がだせない

心は音を立てずに折れ
青あざは外から見えず
涙でできた雲は空を覆う
いまにも降りそうなまま
降らないいままずっと

神経質

消え去りたい気持ち
抱えてもまだここに
いるわけで
誰かの役にたつこともなく
時には迷惑さえかけていて
でもいま君に語りかけて
いるわけで

細かいことが気になる性格
いろいろ思い通りにならないと
泣きたくなってきて
それでも笑顔作って
もろもろ呑み込むと

体の中で刃が暴れ
胸が痛くなってきて

神経質な子
眉ひそめる大人たち
誰にも悪気はなくて
傷ついた心だけが歳を重ねる
ずっと許せなかったから
のんびり歩きたい時も
鞭打って走ったりした

この先も歪んだままで
今際の際にも恨んでいるとか
さすがに勘弁してほしい
でも生きてはいくのだと思う
勇気も諦めも持てない人間は

一人だけじゃないと伝えたくて
君に語りかけるわけで

記憶違い

えー、手前も歳をとって参りますと
御多分にもれず最近は
記憶力が悪くなってきましてね

こないだもうちの生意気な娘が
夕餉の時に言うんですよ
娘「ダディ、今日のお昼何食べたか思いだせる？」
自分「今日の昼？　そら、ポークカレーとマカロニサラダだよ」
娘「じゃ朝食は？」
自分「朝ごはんは、ほら、白米と目玉焼きと納豆と漬物。なぁ、母さん」
娘「じゃ昨日の晩御飯は？」
自分「昨日の晩飯は…うるせい。もううんこになって体の外に出ちゃったから
忘れていいんだよ！」

まだこんなのは序の口でしてね
よく三歩歩いたら忘れるなんて
お前はニワトリかなんてバカにしますけど
手前の場合は何か用事を思いだして
立ち上がったらもう忘れたりしますし
ひどい時にはよそ見しただけで
きれいさっぱりってなことがありますから
参ったもんです

大事なことは忘れないようにね
日記につけたりしてるんですよ
でもね
こないだ古い日記を読み返してましたら
手前が覚えてることと日記に書いてあることが
結構食い違っててんですよね

どっちが本当だろうって考えたりして
ばかですね
記憶って長い間に勝手に変わっちゃうんですかね
こないだもね

初めての恋

怒りとか後悔とか諦めとか
日頃はそんなことで
満ちているこの胸が
ときめいている
いたくなってくる
忘れもしない
初めての恋と同じ

妄想が呼ぶ妄想
もてあますほど膨らむ
あなたの何気ない一言で
空を舞ったり
地に激突したり

喜びに世界は色めき
切なさに涙がにじむ

結局のところあなたには
何ひとつ伝えられない
そんなところまで
初めての恋にそっくり
あの頃と違うのは
後からこみあげるほろ苦さを
忘れる速さだけ

トリック

優しければ優しいほど
あとでいたたまれなくなる
頑張れば頑張るほど
あとに悔いが残る

正直者がバカをみるなら
賢い人を見習って
少しはズルくなればいい

守ろうとすればするほど
力ずくでも従わせたくなる
おぞましさが残り
守る気持ちが失せる

トリックというよりはトラップ
これはあなたを苦しませる罠
罠だとはわからない仕掛け

匂わぬよう蓋をする
だのになぜ開けてしまう
走って走って逃げだしたのに
心舞い戻る体より先に

ガラクタを捨てることで
葬りたかったのは苦い過去
消えちまった甘い記憶まで

消せない灯火

心の奥の方で
いつもゆらいでいる
小さな灯火

心の外で風が吹くと
ふっと消え
雨が降ると
しゅっと煙る

放っておくのに
いつとはなしに
また灯り
あたりを照らす

小さな火

焼き尽くすほど
大きくはならない
暖を取れるほど
立派でもない

消えても
消えても
また灯る
僕の大切な種火と言っても
差し支えない

胸に当てた
手のひらにだけ伝わる
ほのかだけど

たしかな
かがり火

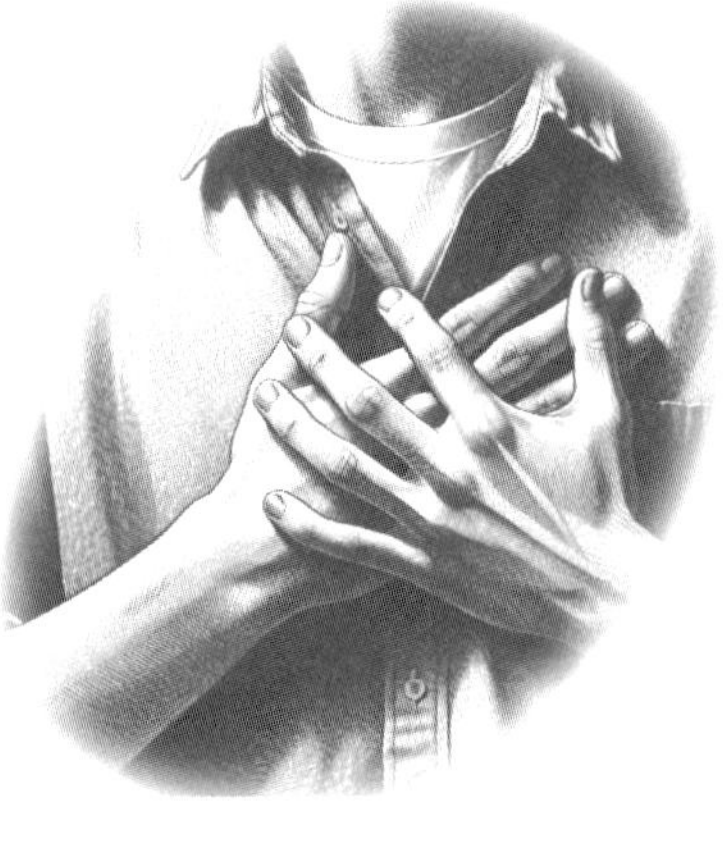

物事の順番

この世に生まれ
泣き声を与えられ
寝床を与えられ
愛情とお乳と栄養を与えられる
おもちゃを与えられ
絵本を与えられ
物ごころを与えられ
文字と音楽を与えられる
感情を与えられ
友情を与えられ
知識と競争を与えられ
また愛情を与えられる
そして与えられたものを

こんどは返していく
長い時間をかけて一つ一つ
与えられたのではなく汗水たらして手に入れたのだと思うかもしれない
だから返すにも理由をつけたくなるかもしれない
そのあたりどう解釈するかお好みでどうぞ
全て来ては去るものに過ぎないから
ある時から
好むと好まざるとにかかわらず
一つ一つ取り上げられていく
ゆるやかにしかし確実に
力が奪われ
速さが奪われ
強さと誇りが奪われていく
お金が奪われ
色気が奪われ
食欲が奪われ

ときめきと笑顔が奪われていく
愛も奪われていく
願わくば最後まで
奪わずにいてほしいものがある
おもいで

鬼の形相

誰かのために
何かのために
耳元で囁かれ
心を鬼にして
拳振り下ろす

いつの間にか
心に住みつく
鬼が舌を出す

誰かのために
何かのために
あれ全部ウソ

君に入り込む
戯言だったの

これで晴れて
君も鬼だから
鏡みてごらん

君のこと分からずに

どうしてそっけなくなった
遊びにさそってもつれない
酒飲んでても弾まない
僕の知ってた君は
どこに行ってしまった
僕なにか悪いことした

同じ木の幹から枝分かれ
青い葉が思い思い茂るよう
ともだちは選んでいく
べつべつの道
お祝いしよう
悲しまないぞ

いつから固い鎧を着こみ
棘付きの言葉をなげつけ
人を値付けする癖がついた
それを成長と呼ぶのなら
僕はガキのままでいい
君は聞く耳さえもたない

淹れすぎた緑茶が茶色くなるよう
ともだちは失われていく
年とって孤独になるのは
こんなからくりなのか
楽しいままじゃだめか
達者でなと心でつぶやく

ずっとずっと後で君は

さりげなく口にする
あのころ闘ってたんだ
大切なもの壊れないよう
そして僕はまた少し
君のこと分かる

忘れる前に

僕が忘れる前に
伝えておきたいことがある

あれもこれも
浮かんでは消えるような全てを
思いつくそばから
口に出したいのではない

三歩あるくと
気にならなくなる用件を
メモするかわりに
言っておきたいのではない

言葉そのものを
忘れてしまったら
伝える術がなくなるから
その前に

大事なことなのに
きれいに忘れて
思いださなくなるかも
しれないから

伝えたあなたが
忘れてしまうかも
しれないから
ここに記しておきたい

愛しています
ありがとう

気の長い話

笑えるまでに
長い時間のかかる
冗談

嫌々やっただけなのに
思わぬところで身を助く
ボイストレーニング

流行ってる時は素通りしたのに
こないだ聴いたら涙が溢れた
ヒット曲の歌詞

ふられたことに

感謝する日がくるなんて
昔つきあってた人

徹夜までしたのに
いまだに意義を分かりかねる
試験勉強

漢字につけるフリガナが
一通りでなくなった今日この頃
期待と書いてレッテルと読むとか

気にしてないかもしれないけど
いつかは言おうと思っている
ごめんなさい

故郷を離れ

何十年もたった後の
ホームシック

誰かのご飯を作る番になり
再現できてやっと知る
おふくろの味

お土産

あなたに手を引かれ
遅れないよう早歩きで
買い物についていったあの日から
あなたの手を取り
転ばないようゆっくり歩き
お手洗につれていったあの日まで
二人の間で交わした言葉
大きくなったら何になる
歌手になる体操選手になるお医者さんになる
そうなのすごいねうんうん
期末試験は古典が難しかった
ヤマ張ってたのに当たらなかった

そうね明日も頑張らないとね
あなたがこの世からいなくなって
僕はとうとう子供じゃなくなった気がした
二人の会話を覚えている人は
この世で僕だけになった
気の利いたお土産を持たせてあげられなくて
ごめんなさい
とりあえず
あなたと僕の
会話の記憶を持っていってください
そんなものしかあげられないけど
何を話したか他の人に説明しても
理解してもらえないから
今度会ったら
二人だけの思い出について
ゆっくり語りましょう

六月末

平日にお休みもない
ひと月はやけに長く
降りやまない長雨に
革ぐつは乾かず

花嫁になりたいと
浮かれる人もいる
六月なんて早いとこ
終わればいいのにさ

六月も半ばを過ぎ
君の誕生日辺りになると

早くも一年が半分
終わったなんて

嘆く誰かはいるけど
新年の計は忘れてるよね
六月末が妙に
焦らせるのはなぜ

僕の人生も半分終わったから
六月末が気になるのかな
過去も未来も想像の産物
人生って今しかないのにな

優しく激しい季節

乗り継いだ電車
たどり着いた海岸
渚で集めた貝殻
瓶に詰めて飾った

駆け回って汗ばんで
同じもの食べて
同じ夕日見て
そばにはいつも君がいる

息がつまるほど笑ったり
熱がでるほど怒ったり
優しい言葉に涙あふれたり

届かぬ思いに悲しんだり
いろんなこと見逃さないで
すみずみまで感じよう

楽しいこと次から次
じっとしちゃいられない
歴史は教わるだけじゃなく
自分たちで作るもの

世界なんか救えない
自分の居場所見つからない
哀しみの先の希望
泪こぼれて止まない

笑顔の魔法信じてる
握った拳ふるえてる

心からの叫びなら届くよ
この星の向こう側
いろんなこと諦めないで
力の限り伝えよう

ただの愛

君が山を越えるなら
僕は頑丈な登山靴になろう
君が暗闇を進むなら
目の前を照らす松明になろう
君はひとりじゃない
寂しさ抱えこまないで

落ちこむ日だってあるだろう
落ちつかない日もあるだろう
僕でよかったら話聞くよ
音もなく魔物が忍び寄り
頭のなか居座りそうな時は

力あわせて退治しよう

誰かの手につかまりたければ
ここにある僕の手を
誰にも言えないことがあるなら
静寂を僕に分けてください
小さくなって透明になって
消えてしまいたくなったら
思いだして一緒に歌うこと
君が主旋律で
僕がコーラスで
もしくは二人
同じメロディで

著者／助廣　俊作（すけひろ・しゅんさく）
会社勤務のかたわら詩作を続ける。主な作品に「バブルの子」「ありがとうはさようならを意味するか」など。本書収録『暗所のほとり』で第17回日本詩歌句随筆評論協会賞 奨励賞を受賞。

忘れる前に

発　行　2024年7月1日　初版第1刷
著　者　助廣俊作
発行人　佐藤由美子
発行元　株式会社叢文社
〒112-0014
東京都文京区関口1-47-12 江戸川橋ビル
電話　03-3513-5285
印刷　丸井工文社

定価はカバーに表示してあります。
乱丁・落丁についてはお取りかえいたします。

©Shunsaku Sukehiro
2024　Printed in Japan.
ISBN978-4-7947-0845-8

本書の一部または全部の複写（コピー）、スキャン、デジタル化等の無断複製は著作権法上での例外をのぞき、禁じられています。これらの許諾については弊社までお問合せください。

助廣俊作　弊社刊行作品　好評発売中
『バブルの子』
『ありがとうはさようならを意味するか』

バブルの子

セルフコンシャスより

ボディコンシャスな
ジコジツゲンが欲しかった
　右肩上がりの成長が
　ずっと続くと信じてた
僕らはバブルの子
　前を向け
　何度でも立ち上がれ　　（本篇より抜粋）

定価 1320 円（本体 1200 円＋税）
ISBN978-4-7947-0725-3

お求めはお近くの書店またはネット書店にて！

ありがとうはさようならを意味するか

ありがとう
気持ちはあるのに
言葉は簡単なのに
口にしなかった
あなたに聞いてもらう機会は
もうなくなった
（本篇より抜粋）

定価 1320 円（本体 1200 円＋税）
ISBN978-4-7947-0790-1